Beppe Cardil

Storia dei 4 Samurai

Gruppo musicale livornese

(Sottotitolo: E regali i fi'i boddoni, verdini e
balloni…)

Livorno, 1958

La guerra era finita da 13 anni, lasciando macerie su cui ancora si lavorava cercando di ricostruire una parvenza di città, e molti lutti.

Noi ragazzi, che pure l'avevamo sfiorata, non ne avevamo quasi nessun ricordo, o eravamo troppo piccoli oppure i nostri genitori avevano fatto in modo di difenderci perfino dal ricordo, in casa se ne parlava poco e non c'era nessuna nostalgia che imponesse un dialogo.

Così, lentamente ma con l'apparente sicurezza e la sfacciataggine tipica dei livornesi, la vita aveva ricominciato a scorrere: si usciva di casa, si passeggiava, si chiacchierava, ci si raccontavano i progetti futuri in centro e lungo la Terrazza Mascagni, appoggiati alle colonnine di cemento mangiate dal mare a guardare la Gorgona e il rottame della *Grommet Reefer,* una grossa nave che si era schiantata sugli scogli.

In quell'anno se passavi da Via Ricasoli potevi spesso incontrare, davanti alla pasticceria Alpe, un bell'uomo alto e dalla pelle scura, sui 40/50 anni, con addosso un impermeabile che una volta era stato grigio chiaro. Chiedeva dignitosamente un obolo, che intascava con la destrezza dell'abitudine. Il suo gentile invito era: *Mille presti? No? Allora cinquanta regali...* Come facevi a non dargli 50 lire? Ti frugavi in tasca e gliele porgevi con sussiego: lui le prendeva, non ringraziava, bofonchiava qualcosa e mandava il cinquantino ad aggiungersi agli altri, nella tasca sformata dal peso delle monete. Il suo vero nome non lo conosceva nessuno, ma per tutti era Aquila Nera, un uomo dal passato misterioso come il presente, e che si diceva avesse fatto l'attore alla *Pisorno*, prima o dopo la guerra, con esiti non proprio lusinghieri. Fu sottoposto a un provino, in cui doveva dare sfoggio al suo estro d'attore. La scena rappresentava un tizio sdraiato in terra in una stanza, e lui che entrava e si accorgeva del presunto cadavere, con una reazione che gli era stata raccomandata come di sorpresa e di sbalordimento.

Aquila nera vide l'uomo sul pavimento ed esclamò col suo vocione, allargando le braccia:

-*Boia, dé, e t'ha caato la befana!* - lasciando tutti esterrefatti. Non ebbe il contratto, fu cacciato dal set, ma nel frattempo tutta Livorno fu informata dell'infausto provino.

Era anche soprannominato Trabocco di Bellezza, una deliziosa definizione direttamente estratta dall'umorismo livornese popolare, che non ha confronti in nessun luogo dell'universo.

Davanti a Trabocco, nella via centrale della città, passavano anche Fumanicche, il gobbo con le sue stampelle, Mario del Ri'overo, nano solo per la statura, e Ricordino di Montenero, una donna farcita di spille e spillette perfino sul cappellino di panno -da cui il soprannome-. Non era difficile incrociarli in città, prima o poi passavano sempre, chissà dove andavano…

Noi ragazzi, invece, avevamo un appuntamento fisso: la luccicante vetrina di Pietro Napoli, il negozio di strumenti musicali più fornito della città, e vedremo perché.

In quel periodo, a parte quelli che avevano fatto quattrini a palate con la borsa nera, a Livorno non giravano molti soldi, i nostri genitori cercavano faticosamente di costruire un futuro per loro e per i figli; e questi figli, se non erano presi dai rapporti fugaci con l'altro sesso, sognavano un futuro dorato e senza problemi. Intanto mantenuti dai genitori, poi si vedrà. Per esempio, escluso tassativamente un avvenire da ragioniere o da bidello (*ohibò, o che sono mestieri?*), il loro radioso e sognante futuro lo cercavano nella pittura, i quadri di Fattori ispiravano anche le menti più refrattarie: oppure, nel nostro caso, lo anelavano nel campo della musica leggera, dove c'era davvero tanto spazio.

A Livorno la musica galleggiava nell'aria, bastava allungare la mano e ne pigliavi quanta ne volevi, la portava il vento dal mare.

Ma nessuno dei ragazzi aveva il becco di un quattrino neanche per comprarsi un pennello, un plettro, neanche un caffè; la paghetta settimanale bastava appena per un 5 e 5 dal Seghieri,   il re della torta di ceci, che veniva via per 50 lire, quelle stesse che generosamente elargivi a Aquila Nera: figurarsi per comprare addirittura una chitarra o una batteria.

Quindi l'ascesa all'Olimpo musicale, inteso come quello che accoglieva la musica leggera, questi dilettanti dovevano guadagnarselo a suon di richieste: (a un amico, allo zio…) *Mi presti dei soldi per comprarmi lo strumento?* (In casa): *Mamma, papà, vorrei una chitarra elettrica, una batteria...* e al rifiuto giù con i musi lunghi, la porta della stanza sempre chiusa a escludere gli ingrati genitori e digiuni a tavola peggio di Gandhi.

La risposta dell'interpellato arrivava immediata: *Carissimo, sei ancora un ragazzino, se te li presto non li vedo più.* Oppure (da parte dei genitori): *E poi, casomai, dove la suoni, questa chitarra, questa batteria? In salotto o in camera tua? Guarda che io voglio dormire, perché io lavoro...* Come a dire che la musica non era un lavoro, al massimo un hobby, un passatempo, cose da ragazzini persi nei sogni o da ricchi, insomma da chi ha tanto tempo libero: basta che non faccia chiasso. Volete sognare? Fatelo, ma in silenzio. I sogni non fanno rumore.

Eppure, se per caso diventavi qualcuno, allora la stessa musica, guarda un po', cambiava di colpo: *Però, non me l'aspettavo, lo sai che non suoni mica male... Giovanni, tu che sei nell'ambiente, conosci per caso un discografico? Il ragazzo merita...* C'era anche il rovescio della medaglia, come in tutte le cose: se qualcuno trionfava, un altro ripiombava nell'anonimato. Da qualche parte dev'esserci una bilancia nascosta azionata da un sadico, spesso infallibile.

Ecco, ho ritenuto questo preambolo necessario per far comprendere meglio cosa significasse, nel 1958, mettere insieme un piccolo gruppo musicale, o come si diceva allora, un complessino, e specialmente lì, nella Livorno del dopoguerra.

Agli inizi, c'era da spararsi.

Per la frustrazione, naturalmente.

Pietro Napoli, il negozio di strumenti musicali più ambito e irraggiungibile come la cima dell'Everest, esponeva batterie meravigliose con luccicanti piatti *Avedis Zildjan*, pianoforti a coda, mezza coda, quarti di coda e verticali, mancavano solo quelli di traverso o appesi al soffitto; chitarre acustiche e elettriche, per quei tempi di prima scelta, che echeggiavano i concerti di Colin Hicks e di Elvis Presley, e contrabbassi acustici ingombranti come armadi, ma necessari per fare della buona musica, altrimenti i suoni uscivano squilibrati, troppo acuti, non avevano corpo. Tutto questo per non parlare degli ottoni -non di Baviera-, come si definisce la famiglia dei sassofoni: *Selmer* e *Kohn* tenori e contralti lampeggiavano dalle vetrine di Pietro Napoli con lascivi ammiccamenti, strizzandoti l'occhio come a dire *comprami comprami...*

Quattro musicisti (si fa per dire) languivano davanti al negozio quotidianamente, sospirando. La vetrina, benché trasparente, era un muro invalicabile: non c'erano soldi, per comprare quel ben di Dio, neanche un centesimo bucato.

Ricordo bene che in casa nascondevo nei posti più impensati bigliettini indirizzati a mamma e papà con su scritto: *Me la compri la chitarra?* Loro li trovavano, e li sentivo commentare nell'altra stanza mentre io cercavo di capire cosa dicessero, trepidando come uno spasimante sotto il balcone dell'amata. Credo che la stessa cosa la facessero, magari in modo più sfacciato, anche gli altri miei cosiddetti colleghi.

Fatto sta che bene o male, nel giro di qualche mese, stanchi di vederci col muso lungo degli insoddisfatti di

7

mestiere -quando volevamo eravamo irresistibili-, i nostri genitori capitolarono, e mentre a me arrivò la sospiratissima chitarra, agli altri furono regalate una batteria, un contrabbasso e perfino un sassofono al più insistente di tutti (che era anche il più alto e grosso, e non gli si poteva dire facilmente di no), Luciano Lombardi.

Luciano, come tutti, aveva una mamma, alta e imponente -evidentemente aveva preso da lei, in quanto a stazza-, che si chiamava Amneris. A noi sembrò un nome da faraone di qualche dinastia livornese dei tempi antichi, e che invece, come scoprimmo più tardi, era stato pescato direttamente dall'Aida di Verdi, tanto per restare in argomento musicale.

Tornando a me e al mio desiderio finalmente esaudito, bisogna dire che una chitarra elettrica non può produrre suoni senza un amplificatore adeguato, lo sanno anche a Pisa. E neanche la voce dei cosiddetti cantanti, che eravamo io e Giangi, avrebbe raggiunto la prima fila dei ballerini di campagna che affrontavamo, se non fosse stata supportata almeno da un altoparlante.

Scovai in casa una radiolina giallognola, con un ingresso fono dietro, due buchini in cui i due sciagurati musicisti e cantanti (sempre si fa per dire) collegarono chitarra elettrica e microfono (uno): da un altoparlante largo neanche dieci centimetri, *meraviglia!* miracolosamente uscirono le note vocali e elettriche volute -o quasi, diciamo all'incirca-, e i componenti del famoso gruppo senza nome poterono cominciarono a provare e eseguire un po' di canzonette, del genere di quelle che erano in voga alla fine degli anni '50.

Naturalmente tutte americane, quelle italiane (*ohibò*) non erano degne di essere inserite in un repertorio internazionale come quello che noi pensavamo fosse necessario, oltre che modernissimo.

-*Dè, un vorrai mica sonà le canzoni di Natalino Otto...-*

Attingemmo quindi ai successi di Elvis Presley, di Jerry Lee Lewis e di altri mostri (o almeno a noi sembravano tali) che spopolavano nei Juke Box appena arrivati dalla lontana America.

Ma bisognava trovarci un nome, altrimenti la nostra bravura sarebbe stata senza nessun riferimento: e allora, dopo consultazioni e riunioni infinite condite da continui *no, ma ti pare*, decidemmo all'unanimità di chiamarci I Cinque Re del Ritmo. In italiano? (*doppio ohibò...*) Figurarsi... Traducemmo il nostro titolo musicale nell'inglese *The Rhythm Five Kings*, che ci sembrò eccezionale. Molto soddisfatti del nuovo appellativo con cui le platee di tutto il mondo, a cominciare per ora dalla stessa Livorno, ci avrebbero riconosciuti e osannati, iniziammo il cammino.

Ottenemmo subito un favoloso ingaggio (1.000 lire a testa, o forse in totale) a Vecchiano, un paesino rurale in provincia di Pisa. Stipati con i nostri fiammanti strumenti nella 1.400 Fiat del Cavalier Debolini, il nonno di Giangi, arrivammo al debutto in una balera di campagna all'aperto, con un palco a forma di conchiglia azzurrognola. Non c'era illuminazione e le coppie di ballerini si muovevano a istinto cercando di evitarsi a vicenda, mentre noi suonavamo. Ci fu qualche battimano che ci riempì di orgoglio, quella sera. Grande successo, si dirà: in effetti tutti contenti o quasi - per quasi, parlo di quelli che per tutta la durata del ballo ci chiesero tanghi e valzer che non facevano parte del nostro repertorio, li consideravamo alla stregua delle canzoni di Nilla Pizzi-.

Da una recinzione esterna, spostando rametti e foglie, ci spiavano soddisfatte e trepidanti le mamme, intervenute a nostra insaputa con un'altra automobile. Il clou della serata fu raggiunto quando nell'intervallo brevissimo fra un brano e l'altro, si infilò prepotente un *Muuuuu!* proveniente da una stalla situata proprio dietro al palco dell'orchestra. A parte lo spavento, fu chiaro che alle mucche la nostra musica procurava strani effetti: chissà che sapore aveva il loro latte, il giorno dopo. Ma quella mucca restò per sempre nei nostri ricordi.

Ci accorgemmo ben presto che malgrado l'esaltazione del momento, non c'era uno che riuscisse a pronunciare quello scioglilingua inglese, *The Rhythm Five Kings*, soprattutto le mucche. Delusi ma non domi, dopo altre riunioni a casa di Roberto il batterista, soprannominato *Il Diavolo* perché sapeva solo lui dove e come inventare i discorsi e le situazioni più strambe, ispirati dal suo soprannome decidemmo per *I Cinque Diavoli*, un titolo di tutto rispetto e che prometteva fuoco e fiamme.

La formazione era la seguente:

Giangi Minucci Debolini al contrabbasso e voce (sempre dalla radiolina)
(Il Diavolo) Roberto Pieri alla batteria.
Luciano Lombardi al sassofono tenore.
Adolfo (detto Foffo) Pieri (non parente del Diavolo) al pianoforte.
Beppe Cardile (io) alla chitarra elettrica e voce.

In quel periodo, oltre a quella delle mucche, ci fu un'altra esibizione degna di nota.

Maurizio Pracchia, un rocker livornese emergente, aveva bisogno di un gruppo che l'accompagnasse per qualche giorno in una tournée d'avanspettacolo, a Genova. Una compagnia con tanto di comico e ballerine -avevano le calze a rete rotte in più punti- si esibiva in un teatro, e mancava un po' di musica moderna: pronti! i nostri accettarono l'ingaggio e partirono per il capoluogo ligure a spron battuto. A parte il non trascurabile fatto che alla fine del primo brano scatenato si levò un unico applauso solitario e pietoso, subito smorzato come se gli si fossero esaurite le pile, eravamo sempre livornesi, anche nella disgrazia: così, al momento della passerella che si snodava davanti al pubblico, insieme alle ballerine che ancheggiavano sul motivo di *Tu me fais tourner la tête*, i 5 Diavoli sfilarono cantando a squarciagola *E regali i fii balloni, e regali i fii boddoni, e regali i fii verdini, ecc.*, tanto per portare all'ombra della lanterna anche un po' di quella della Meloria. Il pubblico era talmente scarso che non si conosce l'indice di gradimento, ma ricordo che restammo impavidi

11

per tutta la durata della tournée, anzi, della fermée, visto che eravamo sempre nello stesso teatro.

La mamma di Roberto il Diavolo, che di nome faceva Corrada, ci ospitò per mesi in casa sua durante le prove successive, difendendoci a spada tratta dalle ire dei vicini assordati e dalle contrarietà che spuntavano ogni giorno -tipo la scuola, gli esami, i genitori preoccupati e così via-.

Era una donna battagliera e pronta al sacrificio, come tante livornesi di allora, sopravvissute alla guerra e al terribile dopoguerra, figurarsi se si sarebbe mai arresa alla battaglia di promuovere il *suo* quintetto di grandiosi musicisti. Perciò si dette molto da fare in tutti i sensi per agevolarci il cammino, lottando come una furia scatenata. Un giorno, di propria iniziativa e a nostra insaputa, scrisse a un noto impresario la seguente lettera:

"Signor Impresario, io ciò un complesso di cinque strumenti, e uno è il mi' figliolo". La lettera proseguiva su questo tenore, e mai ne conoscemmo, anche se lo immaginammo più tardi, il destino.

Marinavamo la scuola per giorni e giorni, per andare a provare il famoso repertorio americano, finché i nostri genitori, scoperto l'inghippo, minacciarono il sequestro degli strumenti se non l'avessimo piantata lì: o studiate o vi chiudiamo in casa, e il *complessino* ve lo sognate.

A Giangi, inoltre, fu agitato lo spauracchio del collegio di Brindisi, dove effettivamente fu mandato per qualche mese a svernare, finché la sua mamma, la mitica Signora Lia, lo rivolle pietosamente accanto a sé. Il gruppo intanto si era sciolto, ma non del tutto. Chiazze musicali di quelli che erano stati *I re del ritmo* e *I Cinque Diavoli* persistevano sul pavimento della gloria eterna, come si conviene ai gruppi che si rispettino (vedi Beatles, ma ancora non era tempo di emularli, per noi, e non lo fu mai).

Al ritorno di Giangi dopo l'esilio brindisino, lui stesso aveva nel frattempo preso una decisione estrema: avrebbe suonato la batteria e non il basso, strumento che strimpellava a caso cantando e che gli dava una soddisfazione relativa. Così all'Attias angolo via Marradi, dove abitava, risuonarono ben presto stacchi di rullante, fragore di piatti e rullate sul timpano, per ribadire ai passanti che il cuore pulsante del gruppo era ancora vivo. I viandanti livornesi sopportarono sollevando il naso con curiosità, come del resto anche i vicini di casa e i negozi dirimpetto: erano altri tempi, più tolleranti.

In quel periodo furoreggiava un quintetto jazz, *I 5 di Lucca*: molto molto bravi, suoni puliti, vibrafono, repertorio incantevole. Li ascoltavamo tutti e cinque, cercando di assimilare il loro modo di proporsi e l'atmosfera swingante del jazz. Già ci eravamo persi nei meandri infiniti di Charlie Parker e Dizzy Gillespie, per non parlare di Sonny Rollins e Jerry Mulligan: avevamo (con scarso successo, in verità) cercato di imitare i loro brani più famosi, come *Salt Peanuts* o *Take Five*. Un disastro, ma è nella tempesta che si vede l'audacia dei veri marinai: di bravura ne avevamo poca, ma l'incoscienza ci usciva dalle orecchie. Così, alla carlona, affrontammo il jazz, spavaldi e baldanzosi. Un universo immenso, ma che si sembrò possibile sfiorare.

13

Finalmente avevamo un impianto voce decente, e io mi ero fatto fabbricare da un artigiano un amplificatore per la chitarra con tanto di targhetta *High Fidelity* per farlo sembrare più di moda. Provavamo finalmente con i microfoni giusti e con la giusta amplificazione, che oggi farebbe ridere non solo i polli, ma anche gli elefanti più tristi.

Un giorno piazzammo i due altoparlanti, che avevano i fili di collegamento piuttosto lunghi, nel salotto di Giangi, lontano dalla stanza delle prove. Ma il microfono l'avevamo noi, a portata di bocca. Palmiro, il cameriere anziano della famiglia di Giangi che rappresentava un'istituzione casalinga da decenni, stava spolverando, appunto in salotto, ignaro del tranello. Con voce cavernosa noi gridammo nel microfono: *Palmiro, è l'inferno che ti chiama!* Lui stramazzò in salotto, poi si tirò su a fatica e dalla bocca gli uscì una frase strozzata che finiva con *...tu ma'*. Chissà cosa voleva dire...

C'era però un problema, oltre agli altri: nessuno di noi era capace di eseguire un'improvvisazione, a parte Giangi. Ma si può facilmente capire che un assolo di batteria per due o tre ore di seguito, alla fine vuoti non solo la sala da ballo, ma anche gli stomaci dei più volenterosi.

Serviva un virtuoso, e lo trovammo in Massimo Gragnani: un sassofonista soprannominato Ciondolo perché stava sempre piegato in avanti e pareva cadere da un momento all'altro. Però era molto bravo, e non cadeva mai.

In contemporanea il passaggio dal sassofono al contrabbasso di Luciano Lombardi non aveva ancora dato i frutti sperati: così lo parcheggiammo in amicizia (*ci si rivede al momento giusto, Luciano, te intanto studia*) e inserimmo Claudio Lorussi, un ottimo bassista appassionato di jazz e ben informato sui successi americani. Al pianoforte subentrò Edoardo Campolongo detto Edo, infarinato di *rag time*, che si offrì volontario al sacrificio. Alla fine il più scarso ero io, ma almeno avevo una bella voce, a quei tempi, cosa che in verità col jazz suonato c'entrava poco.

Erano nati (con poca fantasia, devo dire*) I Cinque di Livorno,* per fronteggiare autorevolmente I 5 di Lucca. Non fosse mai che Livorno fosse seconda a Lucca, o addirittura a Pisa... Ma per fortuna (nostra e dell'umanità) I 5 di Pisa non nacquero mai.

Cominciammo a suonare qua e là. Ricordo un exploit all'Hotel Palazzo, il miglior albergo della città, credo per una festa dei cadetti dell'Accademia Navale. Suonammo bene, ce la cavammo finché proponemmo un arrangiamento jazz di *Parlami d'amore Mariù*, parto della geniale fantasia di Massimo Gragnani in un momento di folle ispirazione. In un attimo la pista da ballo si svuotò fra le occhiatacce dei cadetti e delle loro partner, e questo provocò una specie di rivoluzione dentro le mura già poco solide del nostro quintetto.

C'era chi insisteva col jazz (Giangi) e chi proponeva un repertorio più commerciale e ballabile, altrimenti non saremmo andati più in nessun posto, a proporre le nostre velleità.

Sosta forzata, riflessione e rivoluzione.

Tornò Luciano Lombardi al basso, sparì Ciondolo, io rimasi alla chitarra (forse per onorare la mia qualità di socio fondatore insieme a Giangi), e quest'ultimo non si schiodò dalla batteria -ho il sospetto che non lo facesse neanche di notte-.

Il papà di Luciano, il signor Lombardi, guardava suo figlio alle prese con il basso elettrico e quasi aggredendolo (con enorme affetto) gli urlava: *Dio più che bòno, Luciano, studia! Madonna di Cristo, vòi studia' o no?* E Luciano, con le sue dita lunghe e il ciuffo sulla fronte, studiava, studiava, amore di mamma Amneris...

Mancava un pianista, però.

Frugando fra le amicizie comuni, spuntò il nome di Gabriele Lorenzi, che suonava in un gruppo concorrente e di cui si diceva fosse bravino.

Giangi ed io, col cipiglio dei grandi impresari o se volete, dei grandi direttori d'orchestra, lo sottoponemmo a un provino proprio a casa di Giangi, alla famigerata Attias, nella stanza che aveva conosciuto prove su prove su prove fino allo sfinimento nostro e dei dirimpettai.

Lui affrontò volentieri l'esame, suonando *Summertime*, e siccome suonava di spalle, come usava allora, non vide i nostri entusiastici cenni di assenso. Fu accolto subito nel gruppo.

Altro che bravino, come dicevano... Cresceva a vista d'occhio, e presto diventò molto, ma molto bravo: aveva uno stile che richiamava *Errol Gardner*, accordi stretti e armoniosi.

Per non fare errori come al solito, prima di cominciare a provare ci riunimmo in seduta plenaria per scegliere di nuovo il nome del gruppo: praticamente questo compito ci portava via ore di prove, ma eravamo molto giovani e con davanti un lungo, lunghissimo futuro che non avrebbe mai conosciuto una fine.

Per aria volavano tegami e budelli vari, sembrava d'essere in cucina o in una macelleria: si sa che a Livorno, quando ci si infervora in qualcosa, non è che si vada tanto per il sottile con gli insulti, ma alla fine, dai dai, il risultato ci sembrò soddisfacente.

Così, dopo innumerevoli tentativi, nacquero *I 4 Samurai*, o più semplicemente I Samurai.

Guerrieri infilati in una corazza da cui spuntavano i piedi di papera, ma sempre bellicosi.

La formazione prima, unica e originale, quindi, fu la seguente, partorita dopo infiniti cambiamenti e ripensamenti come si conviene nella storia dei grandi gruppi musicali (*esagerato, via, un po' di modestia…*):

Giangi Minucci Debolini alla batteria e canto
Gabriele Lorenzi alla tastiera e canto
Luciano Lombardi al basso elettrico e coro (per ora, poi anche lui cantò)
Beppe Cardile alla chitarra elettrica e canto (quando non restava senza voce)

Cominciò così una vera e propria epopea (almeno per noi, altri non se ne accorsero neppure, o se ne accorsero fecero finta di niente): le prime esibizioni ebbero luogo in città, tanto per saggiare l'umore dei concittadini e affinare il repertorio. Era un periodo particolare, quello: a Livorno vagava come un'anima persa nientemeno che Chet Baker, il famosissimo trombettista, impegnato in un disintossicamento dalla droga che non fu mai completato. Ma noi sapevamo che era in giro per la città e suonavamo perfino meglio, sporgendoci dalla finestra dell'Attias: *magari passa qui sotto e ci sente...* Illusi...

A casa di Giangi capitarono anche due musicisti americani di colore, *George Joyner*, che aveva militato nel gruppo di John Coltrane, e *Buster Smith* (fra l'altro batterista di Ornette Coleman, il sassofonista che stupì il mondo soffiando in uno strumento di plastica che si era fatto costruire).

Insegnavano a Firenze e avevano l'agosto libero: il primo faceva cantare il contrabbasso, il secondo la batteria. Giangi li ospitò a casa sua, e visto che avevamo una stanza adibita alle prove, ci dettero una dimostrazione di cosa significasse la padronanza di uno strumento.

Noi li contemplavamo ammirati come si guarda la Gioconda, senza suonare con loro per non sporcare il loro ritmo con le nostre note inesperte: ci servì molto, quella parentesi musicale. Buster Smith, un giorno che era in vena di consigli, disse a Giangi, per incitarlo a continuare: *If you don't study, you don't play,* Se non studi non suoni. Quella frase, che ci risuona ancora nelle orecchie come se fosse stata detta ieri, spronò Giangi, che da quel giorno passò davvero ore e ore seduto alla batteria facendo mulinare le bacchette, e tutti noi, che cominciammo a esercitarci seriamente sui rispettivi strumenti.

Buster Smith gli insegnò il paradiddle, quell'ossessionante lentissimo rullo che poi accelerando diventa perfetto, cercò di inculcargli l'indipendenza delle mani, il tempo di cinque quarti, insomma, l'ABC della batteria moderna. Giangi ascoltò e imparò, così più tardi arrivò quasi alla Z, anche se la perfezione non esiste. Diciamo alla R come rullante, o alla T come tamburo, comunque ottimi risultati.

Abolimmo quasi del tutto il jazz e ci specializzammo in musica da ballo, con predilezione per il cha cha cha e il rock 'n roll. Il risultato era molto soddisfacente, e cominciammo a mettere il naso anche fuori della nostra città, Livorno.

Intanto andammo a tentare la sorte a Milano, ospiti dello zio di Giangi, Mino Minucci, padre della famosa Vittoria Minucci, prima ballerina della Scala.

Eravamo speranzosi, pieni di entusiasmo e come sempre, completamente incoscienti.

Lo zio ci aveva ventilato audizioni fantastiche nei night milanesi, da dove avremmo preso il volo non da galline livornesi, ma come aquile reali. Dormivamo in casa sua in via Caccianino, una traversa di via Porpora, dove Vittoria mangiava con gli occhi Gabriele. E per restare in argomento mangiavamo dalla nonna di Giangi, Vittoria Sapori detta Mamma Mara, dandole un obolo per fare la spesa per quattro lupi affamati, che eravamo noi: nel frattempo cazzeggiavamo in giro, inventandoci scherzi ai

19

danni della nonna Mara. Una mattina, tutti d'accordo, fingemmo di essere gay, sbaciucchiandoci -sulle guance, certo, che pensate? - e accarezzandoci languidamente. La nonna passò la giornata a disperarsi per la disgrazia, *poveri noi, ma come si fa, quattro bei ragazzi così giovani e già rovinati…*

La mattina dopo, pentiti, entrammo al cospetto della nonna con voci possenti e molto mascoline, dandoci poderose pacche sulle spalle e parlando delle nostre conquiste con le ragazze: la nonna sospirò sollevata, e si chiese per giorni se fossimo gente normale o dei giovani delinquenti senza futuro.

Le ventilate audizioni non ci furono mai, ma facemmo in tempo a capire che se si voleva davvero decollare come aquile, bisognava rivolgerci a un vero impresario, non a uno di famiglia. E così fu, come nelle fiabe.

Trovato il primo ingaggio, gli altri seguirono a catena, perché un quartetto come il nostro non si trovava facilmente, in giro: bei ragazzi, bello il repertorio, e soprattutto bravi.

Girammo parecchio, e cominciammo a conoscere i veri locali da ballo, quelli importanti, e le vere orchestre che si esibivano lì furoreggiando: incontrammo Bruno Martino, I Latins, Pippo Caruso, tanto per fare tre nomi, a Cortina, a Sestriere, al Club 84 a Roma dove intravedemmo attori e vedette internazionali, ai Ronchi di Oliviero con Gastone Parigi, a Milano con Riccardo Rauchi, insomma, un'apoteosi di incontri e di esperienze notevoli.

Brian, il chitarrista dei *Four Saints*, un gruppo che spopolava in quel momento (*Al chiar di luna porto fortuna, Mama, ecc...*), mi insegnò le scale cromatiche e gli esercizi migliori per valorizzare il mio strumento: *La chitarra è come il pianoforte, ha una tastiera e su questa devi esercitarti continuamente*, mi disse (in inglese ma capii lo stesso, le canzoni mi avevano introdotto alla lingua). Praticamente una replica di *If you don't study you don't play*: e io su e giù con scale su scale, sognando un ascensore. Insieme dissertavamo, oltre che di musica, anche delle gambe delle cameriere della pensione che ci ospitava. Noi avevamo in repertorio qualche loro brano, che eseguimmo in un inglese maccheronico facendoli molto divertire: però ci fecero lo stesso un sacco di complimenti, da bravi inglesi rispettosi dell'agreement nei confronti del prossimo. Invece Riccardo Rauchi, prima orchestra in un locale milanese, al terzo brano ci fece immediatamente scendere dal palco, invidioso degli applausi che ci regalò il pubblico. Gente diversa, Rauchi e i Four Saints...

Al Club 84 di Roma Gabriele, allora con una barbetta maliziosa, fu inseguito per una sera intera dal famoso radiocronista Lello Bersani e dall'attore Rex Harrison, reduce da My Fair Lady e avvolto da un'aureola omosessuale: *Pizzo! Pizzo!* gli gridava dietro Harrison, mentre Gabriele impaurito dal tentato approccio gli sgusciava dalle mani. Ce lo ricordiamo ancora tutti e quattro, quel momento divertente, che di solito colleghiamo alla Pensione Norez, dove per 1.300 lire a notte dormivamo tutti in una stanza, e mangiavamo prosciutto cotto come in ospedale.

Ma il vero trionfo lo incontrammo al Boschetto di Varazze, dove tornammo per due estati consecutive: facemmo strage di cuori femminili e di corde di chitarra (ne rompevo parecchie...), in un'estasi di musica, di applausi e di cuori infranti. Eravamo i virtuosi del cha cha cha: durante questi brani Giangi lasciava la batteria e si schierava in prima fila con i *timbales*, due tamburi paralleli di grande sonorità con in mezzo un campanaccio, mentre io abbandonavo per un po' la chitarra e suonavo la tumba, con un metodo imparato da un percussionista sudamericano.

Venivano ad ascoltarci gruppi musicali dei locali vicini, e con grande soddisfazione li vedevamo guardarsi in faccia sbalorditi. Nell'aria delle notti d'estate, proprio lì a Varazze, svolazzavano domande: *Ma come fanno? Ma da dove spuntano, questi?* Uno sprone continuo, che ci spingeva a migliorarci sera dopo sera. Ci migliorammo molto, infatti, soprattutto nei rapporti con le ragazze di una compagnia milanese, che poi incontrammo spesso. Bisogna dire che quattro musicisti giovani, carini e bravi fanno sempre stragi di cuori, e noi non ci tirammo certo indietro, consapevoli che la musica e il romanticismo vanno di pari passo.

Fu lì che incrociammo il maestro Tony De Vita, amico del proprietario Nanni Bagnasco e molto noto come direttore d'orchestra in tv: un personaggio inavvicinabile, per caso a portata di mano. Questa conoscenza e i suoi complimenti, che ci onorarono alquanto (*parecchio, a dir la verità…*), fu però l'inizio della mia separazione dai Samurai. Con De Vita, nell'Italdisc, incidemmo il nostro primo disco, una cover del *Da Da Umpa* delle Kessler (lato b *La Novia*, un successo di quei tempi). La voce solista era la mia, che piacque. Non era ancora tempo di complessi, nel senso di quelli musicali.

Infatti, tornati a Livorno dopo la bollente estate 1963, ricevetti la telefonata del Maestro De Vita, che mi offriva un posto di chitarrista cantante al nuovissimo Pick Up di Piazza Piola, a Milano, il primo Whisky a Gogo d'Italia, appena aperto dal suo amico Nanni Gambarotta. La paga sarebbe stata di 4.000 lire al giorno, una cifra da capogiro, per quei tempi. L'ingaggio fu accompagnato dalla ventilata certezza di un contratto discografico.

Lusingato e attratto dalla prospettiva milanese, dovetti però dire tutto agli altri Samurai, che non la presero benissimo. Oltre a non tanto velati insulti (*traditore, vergognati, stronzo, vai, vai, facciamo benissimo a meno di te, carogna, buodiùlo, caata, 'r budello di tu ma'…*) per loro c'era la necessità di trovare un nuovo chitarrista, visto che io me ne andavo.

Lo trovarono in Paolo Tofani, un ragazzo che suonava benissimo la chitarra (a differenza mia) ma che cantava poco o niente, così Giangi e Gabriele diventarono i cantanti ufficiali del gruppo, seguiti da Luciano che non vedeva l'ora, e che qualche rock lo conosceva bene.

E i Samurai, da quel momento, affrontarono finalmente l'esperienza internazionale: nientemeno che a Londra. In un turbinio di villette in affitto con tanto di

23

titolare tedesca di nome Mrs. Dekker e a Manchester dove stavano Gabriele e Paolo, di Jaguar 3.8 automatica comprata a metà fra Giangi e Luciano, in un carosello di concerti in locali fumosi e non, i Samurai si fecero valere anche davanti a un pubblico che di musica italiana sapeva poco o niente.

Tutto questo perché ormai erano diventati bravi, bravi davvero.

I giretti artistici continuarono per un bel po' finché nel 1964 anche per Giangi, ormai ottimo e ammiratissimo batterista, arrivarono le sirene ammaliatrici, che chissà dove abitano ma spuntano sempre: lo volevano i *Roll's 33*, un gruppo molto noto che per differenziarsi ancora dagli altri aveva avuto l'idea di presentare sul palco due batterie, e naturalmente due batteristi.

L'esperimento funzionò alla grande, ma questa è un'altra storia, come la mia, del resto, e non è il caso di parlarne in questa sede.

Le instancabili sirene non trascurarono di ammaliare anche Gabriele, che nel frattempo era diventato un tastierista di grande valore: con Alberto Radius e Tony Cicco formò la *Formula Tre*, il leggendario gruppo di Lucio Battisti. Più di così... E anche questa è un'altra storia.

Io avevo iniziato la mia carriera di cantante solista: contratto discografico con la Durium, Festival di San Remo 1965, Festival delle Rose 1966, Cantagiro, Cantaitalia con Enzo Mirigliani, e una quindicina di apparizioni in Tv.

Luciano Lombardi mise insieme un'altra orchestra tutta sua, e si imbarcò sulle navi da crociera, posto sicuro come la sua certezza di bassista.

Paolo Tofani vagò qua e là con le sue estasi di religioni orientali, cui era sempre stato dedito, e con la sua chitarra magica. Uno strano mistico personaggio, ma che suonava magistralmente.

Tornando ai Samurai, il gruppo si sciolse definitivamente in quel periodo, il 1964, grazie appunto ai richiami di tutte quelle sirene ammaliatrici che si erano messe a lavorare pinne a terra per disperdere i Samurai in giro per l'Italia.

Peccato, si dirà... Forse no, è stato un bene per tutti: i Samurai hanno costituito un trampolino di lancio insostituibile per almeno tre dei suoi componenti, e hanno lasciato un ottimo ricordo ripescato perfino adesso in qualche cassetto della memoria dai buoni livornesi, che avranno mille difetti, ma non dimenticano.

Ci siamo riuniti tre o quattro volte, negli ultimi tre anni, 2017, 2018 e 2019, e abbiamo risuonato insieme le stesse canzoni che suonavamo 60 anni fa, quando avevamo circa 18 anni e immaginavamo un futuro di gloria, con tanto di trombe tese ad annunciare il nostro arrivo.

Signori, I Samurai!

Se la gente si aspettava fieri guerrieri giapponesi intabarrati nelle loro complicate armature, con la spada sguainata per difendere l'Imperatore, probabilmente è rimasta un po' delusa, ma almeno ha ascoltato un po' di musica decente suonata da quattro arzilli vecchietti prossimi agli 80, e questo, lasciatemelo dire, non succede tanto spesso.

Ci divertiamo, specialmente nelle prove, come allora. Per aria volano ancora tegami e budelli, ma stavolta amorevoli, gentili, come si conviene a persone anziane.

Come 'impresario' abbiamo Duccio Arrighi, mio amico fraterno da almeno 70 anni: non è Zigfield, ma non manca mai neanche una volta, deve presentarci uno per uno, e piuttosto che disertare un nostro concerto si farebbe tagliare barba e baffi.

Forse la gloria intesa come successo nazionale o mondiale non è arrivata per il gruppo, ma solo per qualcuno di noi: fortuna? Forse. Ma anche merito, direi.

Perché se non sei bravo, non vai da nessuna parte.

E i Samurai lo erano.

Ecco, tutto qui.

Questa è la storia dei 4 Samurai, come ho detto guerrieri livornesi con la corazza da cui spuntavano i piedi di papera.

Oggi, nel 2020 e dopo sessant'anni, siamo ancora tutti vivi a raccontarcela, e a rievocare sempre gli stessi momenti divertenti trascorsi insieme da ragazzi, come certi pensionati ottantenni, appassionati di calcio, ricordano a memoria i goal dei loro campioni del passato, davanti a un buon bicchiere di vino.

Fra qualche anno, speriamo tanti ancora, raggiungeremo i *Pascoli del cielo*, come si suol dire, ma continueremo ugualmente a frequentarci, visto che andremo nello stesso posto.

Io, **Beppe Cardile**, andrò di certo nel Paradiso degli scrittori e dei musicisti, attività che ho intrapreso da diversi anni scrivendo romanzi e musiche di tutti i generi.

Gabriele Lorenzi, anche lui in Paradiso, andrà a trovare Lucio Battisti, per accompagnarlo ancora una volta con l'organo Hammond in mezzo alle nuvole, mentre canta *Mi ritorni in mente*.

Luciano Lombardi, nel Paradiso dei bassisti, spiegherà invano a San Pietro il significato di *C'è trombol en bòn*, una sua storica storpiatura della *Should tumble and fall* di Ben E. King in *Stand by me*.

Giangi Debolini senz'altro capiterà nel Paradi*ddle*, invece che in un Paradi*so* normale: lì dove si suona la batteria e gli angeli si tappano le orecchie per un po', e poi cominciano anche loro a muoversi ritmicamente per un tempo infinito, perché di musica se ne intendono, e anche di arpe e tamburi.

Ciao, eterni ragazzi, ci si vede.

E ora, un po' di foto ricordo, così ci si capisce meglio:

Cominciamo con la **mucca** di Vecchiano, che siccome (*vedi nome del paese*) è molto anziana e si è rifatta il seno, non vuole mostrare la faccia.

Però ho trovato una sua foto da ragazza:

Luciano Lombardi   Beppe Cardile   Gabriele Lorenzi   Giangi Debolini

" I 4 SAMURAI "

i "5" Samurai

Sopra oggi, con il Quinto Samurai, **Duccio Arrighi** detto lo *Zigfield* di Montenero, e qualche volta anche di Corea e Shangai, dipende dal ristorante.

Sotto, finalmente soli.

E ora andiamo a capo, ripartiamo dal principio:

Giangi canta a 16 anni, alle ACLI... In prima fila (*nella foto non si vedono, ma c'erano senz'altro*) la mamma e il nonno, estasiati. Il babbo era in giro, come sempre in bicicletta. Passava anche col rosso.

Qui sotto (*parecchio sfuocati, come del resto eravamo davvero*), i 'famosissimi' e impronunciabili **The Rhythm Five Kings,** con Giangi al basso, Luciano al sax (*dietro*), il Diavolo alla batteria (*anche lui impallato dal basso*), io alla chitarra e al piano Foffo Pieri, di spalle. Non sapevamo quello che facevamo...

I 4 Diavoli (*Giangi era in collegio a Brindisi*). Luciano ha uno sguardo ispirato, forse vede la Madonna, o forse doveva pagare la cambiale del basso e sperava in un aiuto dal cielo.

Sotto, io, **Beppe**, ai Bagni Lido nel 1960, sguardo fisso e non ancora Samurai. Dietro di me spunta il ciuffo ribelle di Roberto il Diavolo. Quello con gli occhiali non mi ricordo chi cavolo è, ma siccome era lì davanti al microfono probabilmente cantava, e noi lo accompagnavamo. (*L'espressione di Roberto e la mia indicano il gradimento entusiastico per l'esibizione dell'occhialuto*).

Qui sotto **I Samurai** in posa plastica nel 1961, ormai convinti del nome. Giangi, intanto che il fotografo scattava, rimase in quella posizione per venti minuti, e il giorno dopo gli ingessarono il braccio (*non è vero ma dovrebbe far ridere*).

Io e Gabriele, ormai Samurai provetti, in pausa sigaretta a Varazze.

Sempre a Varazze, ecco sfuocati i **4 Samurai** in tutto il loro splendore, fra le fresche frasche (*sullo sfondo*) e con l'immancabile conchiglia che spunta sulla destra, e che fa tanto mare. (*Notare le divise nere con la scritta Samurai: la mia non si vedeva mai, c'era sempre sopra la chitarra*).

E ora, qualche foto recente di noi, ormai infeltriti:

Gabriele Lorenzi impegnato alle tastiere (*gli manca solo quella del computer, è capace di far suonare anche quella, da quanto è bravo*).

Giangi Debolini sorride: lui si diverte, vigliacco, qualcuno di noi avrà steccato… Lui senz'altro no, è sempre perfetto, soprattutto nel vestire e nello swing. Caffè gratis, Giangi?

Luciano Lombardi, impegnatissimo: sembra che abbia un dente solo, ma la smorfia è dovuta allo sforzo di ricordarsi gli accordi di *The 'In' Crowd*, specialmente quelli dell'inciso. Poi però, cerca cerca, li trova. E pensare che erano proprio lì, sulla tastiera del basso...

Questo sono **io**: *Ladies and Chesterfield, Beppe Cardile all'armonica a bocca*! E menomale, dopo più di 60 anni finalmente ho realizzato che la chitarra e io abbiamo vedute diverse: per questo l'espressione non è fra le più allegre. La mia voce se n'è andata, chissà dove. Ma ogni tanto ci provo ancora, come certi tenori sfiatati che non mollavano mai (*mi ricordo Galliano Masini al Goldoni, all'addio dalle scene... ma questa è un'altra storia*).

Questo invece è il nostro cosiddetto Impresario, **Duccio Arrighi**, che si definisce Il Quinto Samurai e non manca mai alle nostre serate, per ribadire il concetto. Non ho parole per descrivere i favolosi ingaggi (*vedi telefonino sempre acceso*) che riesce a trovarci, roba da dopolavoro. Ma ci mette passione e coraggio, in effetti quattro vecchietti non è che si piazzino al volo... È un incrocio fra Verdi e Fattori, ma bisogna dire che, malgrado tutto, quando vuole ha un'aria da signore di altri tempi.

E per finire, questi sono i famosi **4 Mori**, simbolo della Livorno che ci ha visti crescere sia fisicamente che musicalmente. Quattro Mori come i **4 Samurai**. Quello bianco in mezzo con barba e baffi forse è Duccio, ha in mano i contratti. I Mori si dibattono, hanno un'aria triste e schifata: poveretti, li hanno costretti ad ascoltare incatenati il nostro ultimo concerto…